Le bol maudit

Enki Bilal

FUTUROPOLIS

Ces histoires sont parues initialement dans *Pilote* entre 1971 et 1974.
Merci à Guy Vidal et à Patrick Verdin des Editions Dargaud.

Albums déjà parus :

MEMOIRES D'OUTRE ESPACE. Dargaud 1978.
LA FOIRE AUX IMMORTELS. Dargaud 1980.
CRUX UNIVERSALIS. Les Humanoïdes Associés 1982.
DIE MAUER BERLIN. Futuropolis 1982.
LA FEMME PIEGE. Dargaud 1986.
L'ETAT DES STOCKS. Futuropolis 1986.

Avec Pierre CHRISTIN :
LA CROISIERE DES OUBLIES. Dargaud 1975.
LE VAISSEAU DE PIERRE. Dargaud 1976.
LA VILLE QUI N'EXISTAIT PAS. Dargaud 1977.
LES PHALANGES DE L'ORDRE NOIR. Dargaud 1979.
PARTIE DE CHASSE. Dargaud 1982.
LOS ANGELES. L'ETOILE OUBLIEE DE LAURIE BLOOM. Autrement 1984.

Avec Jean-Pierre DIONNET :
EXTERMINATEUR 17. Les Humanoïdes Associés. 1979.

© Copyright 1982 Enki Bilal
Edité par Futuropolis
8, passage des Ecoliers
Paris XV
Reproduction interdite
Imprimé et relié en France
Dépôt légal mars 1987
ISBN 2-7376-5363-0
ISSN 0295-7043

Dingue,
pour un scénariste,
que de préfacer un dessinateur aussi talentueux
lorsqu'il est seul, que lorsqu'il s'approprie vos textes !
Dans ses œuvres de jeunesse des années 1971-1974 réunies ici,
Enki n'est plus tout à fait l'innocent bambin
que l'on peut apercevoir en haut à gauche
d'une photo de famille prise à Belgrade en 1954.
Mais il n'est pas encore l'inquiétant et solitaire créateur
de formes qui s'affirme totalement avec la "Foire aux Immortels"
quelques années plus tard.
Son univers à lui
est cependant déjà en train de se constituer au fil des histoires.
Au-delà de certaines conventions fantastiques
d'ailleurs manipulées avec une désinvolture réjouissante,
commencent à s'animer ces cités détraquées
où errent des hommes aux visages burinés en quête d'identité.
En deçà de certains paysages de science-fiction parfois aperçus
autre part mais survolés avec une sûreté précoce,
commence à sourdre cet humour biscornu et angoissé
si souvent propre aux transfuges de l'Est.
Bref, œuvrant à la fois de l'extérieur et de l'intérieur,
faisant éclater insidieusement ou brutalement
le cadre conventionnel des récits,
Enki Bilal, le dessinateur venu d'un ailleurs
dont, même après des années d'amitié,
je ne sais au fond presque rien,
commence à subvertir le décor qu'il met en place
afin de pouvoir le peupler à sa convenance.

Maître du monde, Bilal ?
Pas encore,
ce qui vaut mieux quand on risque d'être confondu
avec l'abominable Bélial
(voir "fermez les volets...").
Mais déjà maître de SON monde,
ce qui n'est pas rien
quand on est capable de créer une cosmogonie
à partir d'une mansarde (voir "... et ouvrez l'œil").

Pierre Christin

A tire d'aile

IL STOPPA UN INSTANT SA COURSE FOLLE, LE REGARD IRRÉSISTIBLEMENT ATTIRÉ, IL N'EUT SU DIRE PAR QUELLE FORCE SURNATURELLE, VERS LA TÉNÉBREUSE RÉGION DE CASSIOPEIA HAUT DANS LE CIEL SANS LUNE... LA VISION D'HORREUR, INDESCRIPTIBLE, QU'IL EUT ALORS LUI FIT COMPRENDRE QUE LES SORCIERS DÉMENTS DE PORCHY-VIGNE PROVENAIENT DE CE SOMBRE ET INCONNU ABÎME DE L'ESPACE.

TROIS JOURS PLUS TARD : PARIS-LA-VIEILLE...

ALORS, CE NOUVEAU LOCATAIRE ?

AH! N'M'EN PARLEZ PAS MON PAUV' MONSIEUR!! IL EST TOUJOURS ENFERMÉ LÀ-HAUT, ET SES CRISES CONTINUENT DE PLUS BELLE!

AINSI, CLÉMENT ZAPHYR ÉCHOUA-T-IL DANS UNE MANSARDE POURRIE EN PROIE À DE MYSTÉRIEUSES CRISES... DURANT DE LONGUES JOURNÉES IL Y RESTA TERRÉ SANS AUTRE SIGNE DE VIE, QUE SES HORRIBLES RÂLES DE DÉMENCE...

ET, PAR UNE BELLE NUIT, CALME ET DOUCE, L'HORREUR SUPRÊME PONCTUA LA TERRIBLE HISTOIRE.

CETTE NUIT LÀ, DIT-ON, UN CRI INHUMAIN DÉCHIRA LE SILENCE DU PAISIBLE QUARTIER, ET L'ON VIT S'ÉLANCER DE LA MANSARDE, UN ÉTRANGE OISEAU, GIGANTESQUE ET TERRIFIANT...

FIN

Ophiuchus

DURANT LA NUIT ENTIÈRE LA COLONIE INFERNALE EXÉCUTA UNE INDICIBLE SARABANDE; FOLLE INCANTATION A CE QUI EST INNOMMABLE ET QUI SOMMEILLE DANS L'ESPACE INSONDABLE ET FROID...

JUSQU'AU MOMENT OÙ, CREVANT LA VOÛTE CÉLESTE, PARVINT LE LOINTAIN APPEL D'OPHIUCHUS

ALORS CEUX QUI N'AIMAIENT PLUS LA TERRE S'EN RETOURNÈRENT CHEZ EUX EMPORTÉS DANS LES ABÎMES LES PLUS NOIRS, VERS L'OBSCURE CONSTELLATION D'OPHIUCHUS

EN CETTE SECONDE UNE HORRIBLE AVALANCHE DE SOUVENIRS AHURISSANTS, S'ABATTIT SUR L'INFORTUNÉ MARTIN!!! IL CONNUT ALORS L'ABOMINABLE VÉRITÉ SUR TOUT CE QUI A ÉTÉ!!!

La chose à venir

Eté 2108... Paris la vieille ville déserte, ville maudite... Une horreur indicible hante la cité et paralyse la population...

D'étranges pulsations d'air froid se déversent indéréglablement sur la ville, altérant puis détruisant tout ce qui vit.

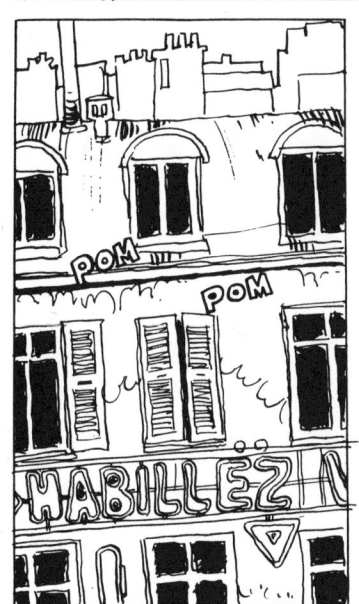

Julius Mraz connaît l'abominable réalité, et plus que quiconque il la craint.

Ces jours derniers, d'étranges sensations ont fait naître en lui un doute effroyable.

Et aujourd'hui alors que sa décision est prise, il se souvient de ce qu'il aimerait n'avoir jamais vécu...

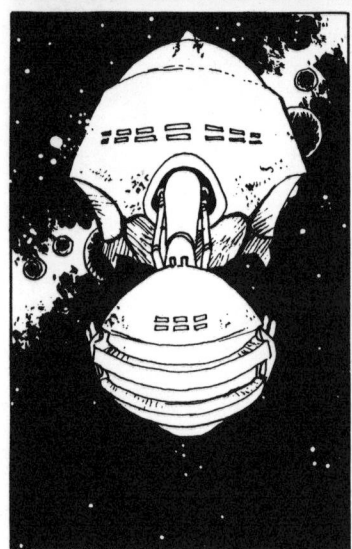

...JE NE COMPRENDS PAS, LES RADARS SONT RESTÉS MUETS... JE L'AI VU SURGIR AU DERNIER MOMENT!
IL FAUDRAIT FAIRE QUELQUE CHOSE... UNE SORTIE PEUT-ÊTRE...
...NON...ON NE SAIT PAS CE QUE C'EST!! IL FAUT ATTENDRE!
QU'EN PENSEZ-VOUS MRAZ?
...VOUS AVEZ RAISON SIBURG... MIEUX VAUT NE RIEN TENTER POUR LE MOMENT...ON NE CONNAÎT PAS SES "POUVOIRS"
...SIBURG... LE FROID SEMBLE ALTÉRER CERTAINS CIRCUITS ÉLECTRONIQUES...
QUOI!?! EN ÊTES-VOUS SÛRE ?
...ABSOLUMENT SÛRE...
LE FROID SE MANIFESTA PEU DE TEMPS APRÈS... LES APPAREILS ENREGISTRÈRENT D'ÉTRANGES CONCENTRATIONS DE PARTICULES GLACÉES AUTOUR DE LA CHOSE ET BIENTÔT...

Kling Klang

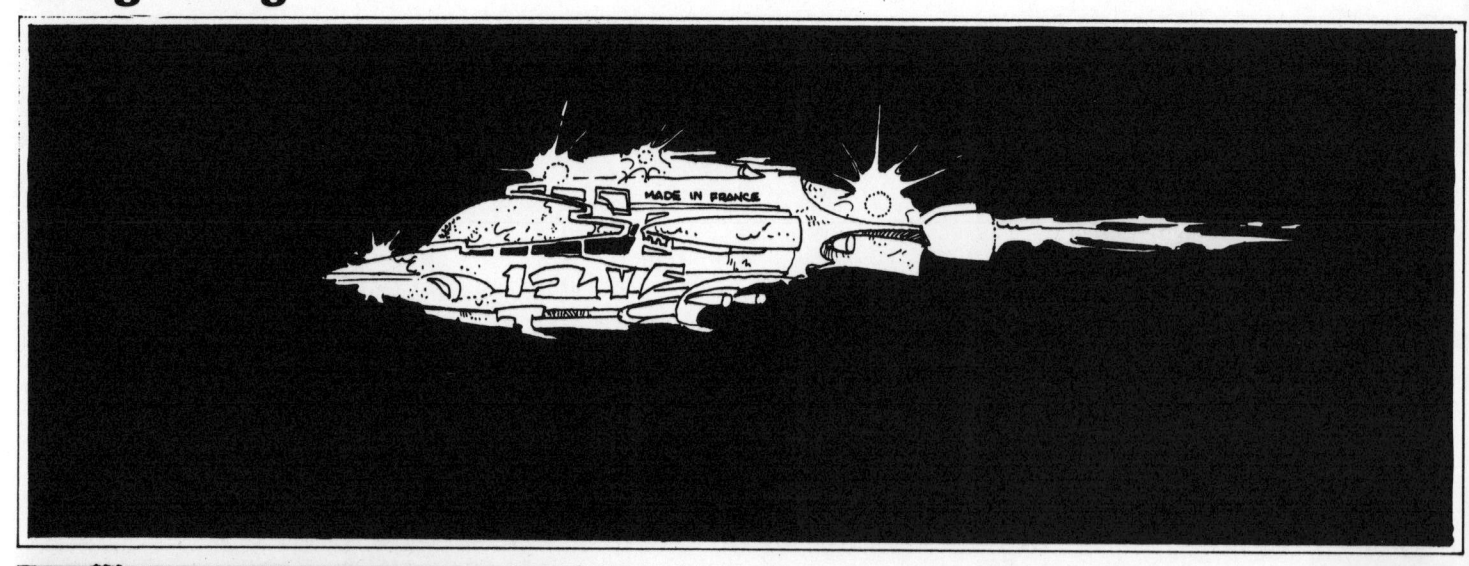

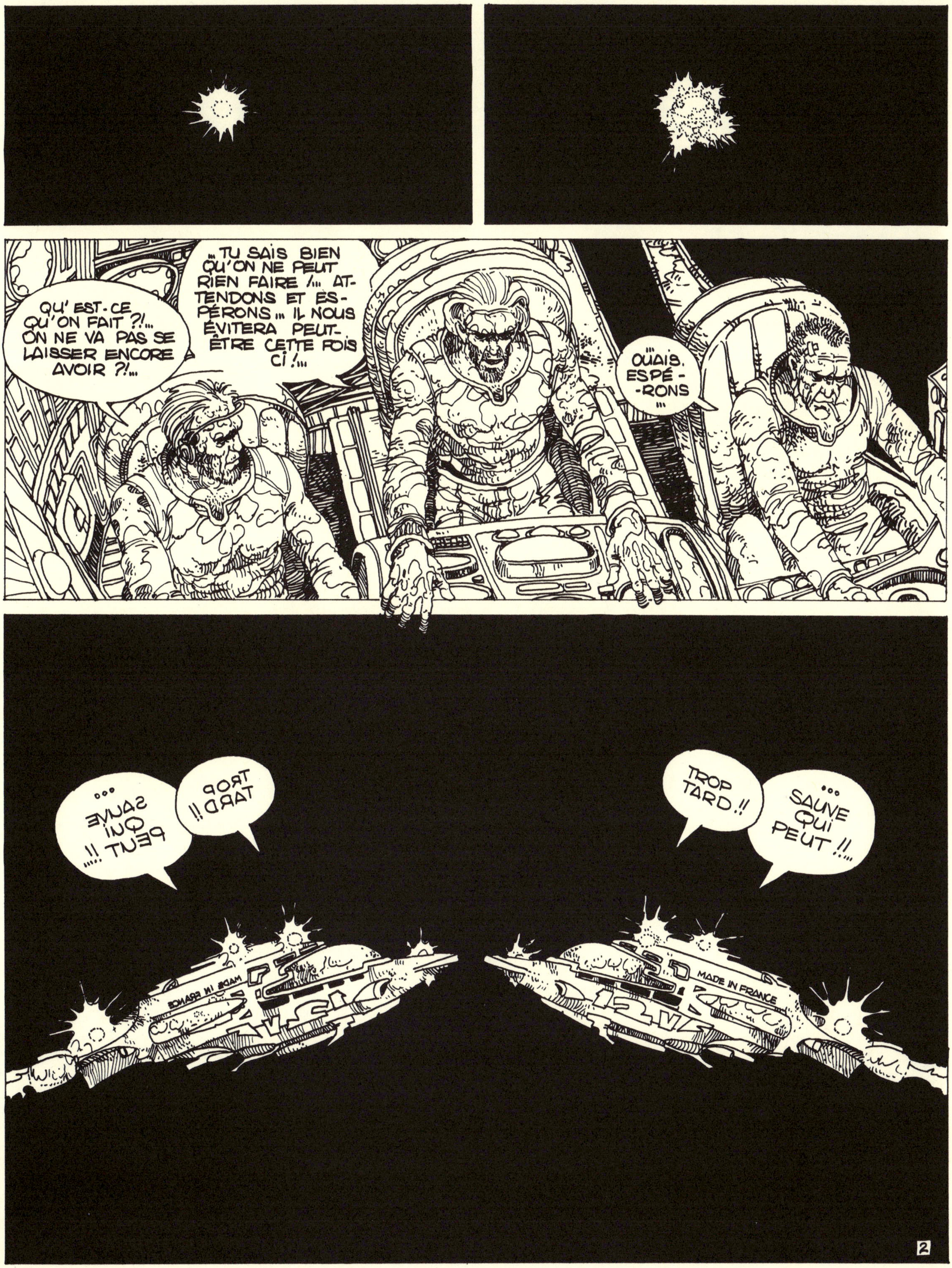
QU'EST-CE QU'ON FAIT ?!... ON NE VA PAS SE LAISSER ENCORE AVOIR ?!...
... TU SAIS BIEN QU'ON NE PEUT RIEN FAIRE !... ATTENDONS ET ESPÉRONS... IL NOUS ÉVITERA PEUT-ÊTRE CETTE FOIS CI !...
... OUAIS. ESPÉ-RONS...
... SAUVE QUI PEUT !!!
TROP TARD !!
MADE IN FRANCE
TROP TARD !!
... SAUVE QUI PEUT !!!
MADE IN FRANCE

!? ...TU AS ENTENDU CHÉRIE ? ...
...HEIN... QUOI... QU'EST-CE QUI SE PASSE...
KLIN KLANG KLANG
UN BRUIT !! UN BRUIT DANS LA CHAMBRE DU PETIT !... JE VAIS VOIR CHÉRIE ! ...
OUAIS... N'OUBLIE PAS TON REVOLVER ......
CLIC
ÇA VA JOJO ?! C'EST MOI ! ...PAPA !!! QUE...
?! MALHEUR ESPÈCE DE PETIT CRÉTIN... T'AS ENCORE CASSÉ CETTE GLACE !!
JE T'AVAIS POURTANT BIEN INTERDIT DE JOUER DANS LE NOIR !!! OH..MALHEUR DE MALHEUR...
ÇA VA LES GARS ?
OUAIS... ÇA IRA POUR CETTE FOIS
MATHEMATIQUES COURS PRÉPARATOIRE
FIN
38

Le mutant

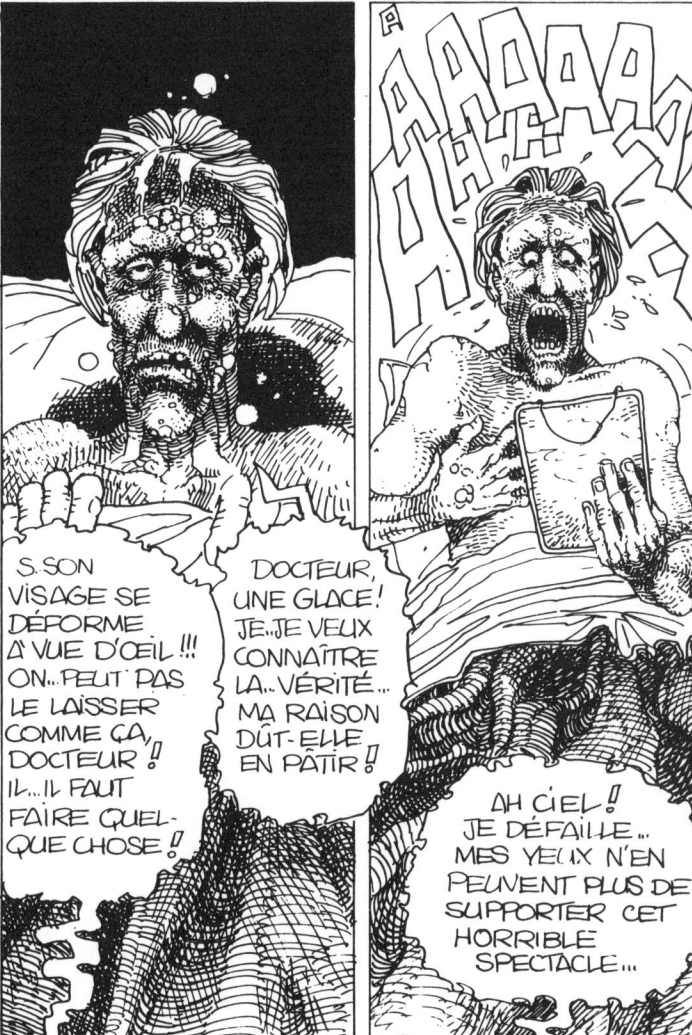

> COURAGE PETITE, COURAGE! ... MAIS QUE FAIRE POUR CE MALHEUREUX, FRAPPÉ EN PLEINE JEUNESSE PAR DIEU SEUL SAIT QUELLE ABOMINATION!
>
> AH ÉTRANGE ET CRUELLE NATURE...

À L'HEURE OÙ LA NUIT S'ÉTALE NOIRE ET OPAQUE SUR LES VILLES DE LA TERRE, DÉCOUVRANT LE RADIEUX SOURIRE LUNAIRE, (À CE PROPOS JE SIGNALE QUE LE BRUSQUE GROSSISSEMENT DONT FUT L'OBJET, VOICI QUELQUE TEMPS NOTRE FIDÈLE SATELLITE, ME LAISSE AUSSI PERPLEXE QUE LES PLUS ÉMINENTES MATIÈRES GRISES DE LA PRÉSENTE FICHUE ÉPOQUE). À CETTE HEURE, DISAIS-JE, OÙ LES VOLETS MÉTALLIQUES CLAQUENT DANS LE SILENCE AVEC L'ARROGANCE DES OBJETS FONCTIONNELS, IL EST DES ÊTRES QUI REGARDENT LE CIEL ET SCRUTENT LES ÉTOILES EN RÊVANT... ET VOICI CE QUI, HORREUR OU HONNEUR SUPRÊME, PEUT LEUR ADVENIR...

VOICI

FERMEZ LES VOLETS ET OUVREZ L'ŒIL

CAR L'EXTRAORDINAIRE CAUCHEMAR DONT NOUS FÛMES VICTIMES, MA COMPAGNE ET MOI-MÊME, PAR UNE DE CES BELLES NUITS ÉTOILÉES, PEUT FRAPPER TOUTE IMAGINATION VAGABONDE, TOUT RÊVEUR ABANDONNÉ, TOUT HUMAIN AUX SONGES SENSIBLES, HEUREUX OU MALHEUREUX, RICHE OU MISÉREUX, DONT LES HORIZONS S'ÉLÈVENT ET SE TENDENT VERS LES ASTRES INFINIMENT LOINTAINS ET PURS, AFIN QUE TÉNÈBRES DU CIEL, ET TÉNÈBRES DU SOMMEIL, SE JOIGNENT...

À CETTE ÉPOQUE, POUR SUBVENIR À CERTAINES FINS DE MOIS DIFFICILES, J'EXERÇAIS UN MÉTIER AUSSI PEU CONNU QUE PEU RÉMUNÉRÉ : COMPTEUR D'ÉTOILES.

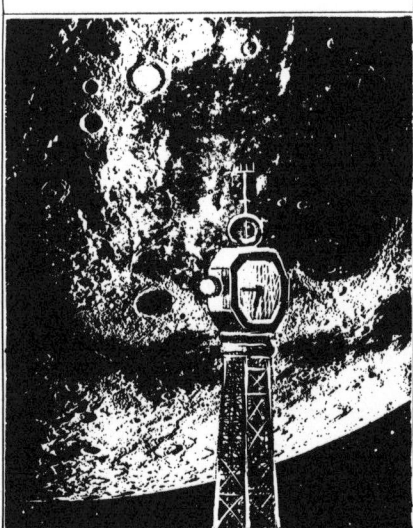

HIER SOIR

...362...
...363...
...364...

TU AURAIS PU LUI DEMANDER UNE AUGMENTATION À TON PATRON... IL T'EXPLOITE NI PLUS NI MOINS !...

* JE TOUCHAIS 0,5 CENTIME PAR ÉTOILE

SANS COMPTER QU'AVEC LA LUMINOSITÉ ET LA GROSSEUR DE LA LUNE, LA VISIBILITÉ DEVIENT PRATIQUEMENT NULLE...

BREF, LORSQUE LE SOMMEIL NOUS ENTRAÎNA SUR LES RAILS DE LA NUIT (TERMINUS IMPÉRATIVEMENT FIXÉ À 6H45 DU MATIN, INSTANT OÙ LE RÉVEIL-MATIN - ALLONS AU TRAVAIL DEPUIS PEU INSTALLÉ SUR LA TOUR EIFFEL, DÉCLENCHE SA DÉLICATE SONNERIE, EFFICACEMENT PERCEPTIBLE À 150 KM À LA RONDE)...

OUAIS, 368 ÉTOILES VISIBLES... CE QUI FAIT 1F 84 POUR LA SOIRÉE... ON VA PAS ALLER LOIN AVEC ÇA...

"... NOUS NE NOUS ATTENDIONS PAS, MA COMPAGNE ET MOI, À ÊTRE ENTRAÎNÉS DANS LE TOURBILLON CAUCHEMARDESQUE D'UN RÊVE INFERNAL, QUE JE M'EN VAIS DE CE PAS VOUS CONTER..."

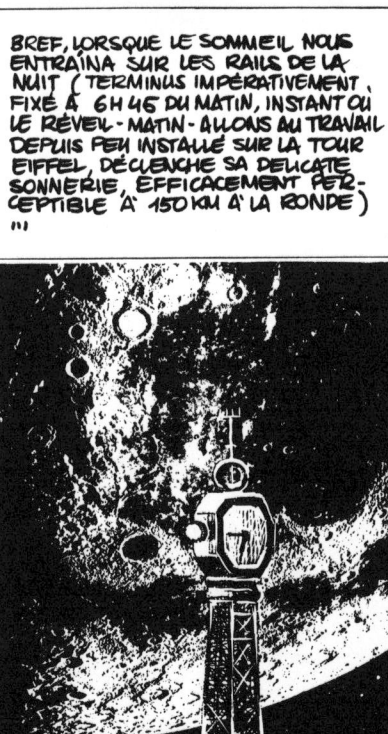

ET MAINTENANT PLACE AU CAUCHEMAR !

JE TIENS À PRÉCISER QUE LA COLLABORATION DE SIGMUND FREUD A ÉTÉ DÉLIBÉRÉMENT ÉCARTÉE.

DU FIN FOND DU SOMMEIL SURGISSENT DES MONSTRUOSITÉS ISSUES DE LA SOMBRE ET LOINTAINE NÉBULEUSE D'ORION... ELLES S'INTRODUISENT ILLICITEMENT CHEZ NOUS, (IMAGE I PAR LA FENÊTRE, IMAGE II PAR LES FISSURES DU MUR - IMAGE III PAR LE ROBINET DE LA SALLE DE BAINS) ET NOUS ENLÈVENT (IMAGES IV ET V)

JE TRADUIS... LE GRAND D'AL-PHA ORIO-NIS VOUS SOU-HAITE LA BIENVENUE À BORD DE SA GRAND NEF

① SOURIEZ !
COMME VOUS L'AVEZ PU CONSTATER L'ACCUEIL FUT ABSOLUMENT CHARMANT...
NOUS NE COUPÂMES PAS MÊME À L'INEVITABLE PHOTO SOUVENIR... BREF, LORSQUE LA GRAND-NEF DU GRAND EUT APPAREILLÉ POUR UNE DESTINATION INCONNUE TOUT ALLAIT BIEN...
MAIS DANS LA PROCHE BANLIEUE D'ALDEBARAN ...
ALE'TE !
NAVI'E ENNEMI ! A'T'I8O'D'

DEVANT L'IMMINENCE D'UN FURIEUX COMBAT, LE GRAND 🗨 DÉCIDA DE NOUS EXPÉDIER EN HAUT DU MÂT AUX COTÉS DE LA VIGIE POUR MIEUX APPRÉCIER LE SPECTACLE...

SPECTACLE LIVRÉ CI-CONTRE TEL QUEL...

... MAIS DANS LEQUEL NOUS FÛMES BIEN VITE MÊLÉS NOUS-MÊMES, ET CE MALGRÉ UNE NEUTRA-LITÉ DE BON ALOI...

"..VOICI EN QUELLES CIRCONSTANCES : (À NOTER QUE MALGRÉ TOUS MES EFFORTS, IL M'A ÉTÉ IMPOSSIBLE DE RENDRE L'ODEUR PES- -TILENTIELLE QUI AURAIT DÛ REGNER PENDANT L'ÉPISODE DE CETTE PLANCHE... JE FAIS DONC CONFIANCE À L'IMAGINATION OLFACTIVE DE CHACUN...

J'AI L'IMPRESSION QUE L'ON N'EST PAS LES PREMIERS !!!

OUAIS... EN ATTENDANT VAUDRAIT MIEUX SORTIR D'ICI AVANT LA SÉCRÉTION DES SUCS...

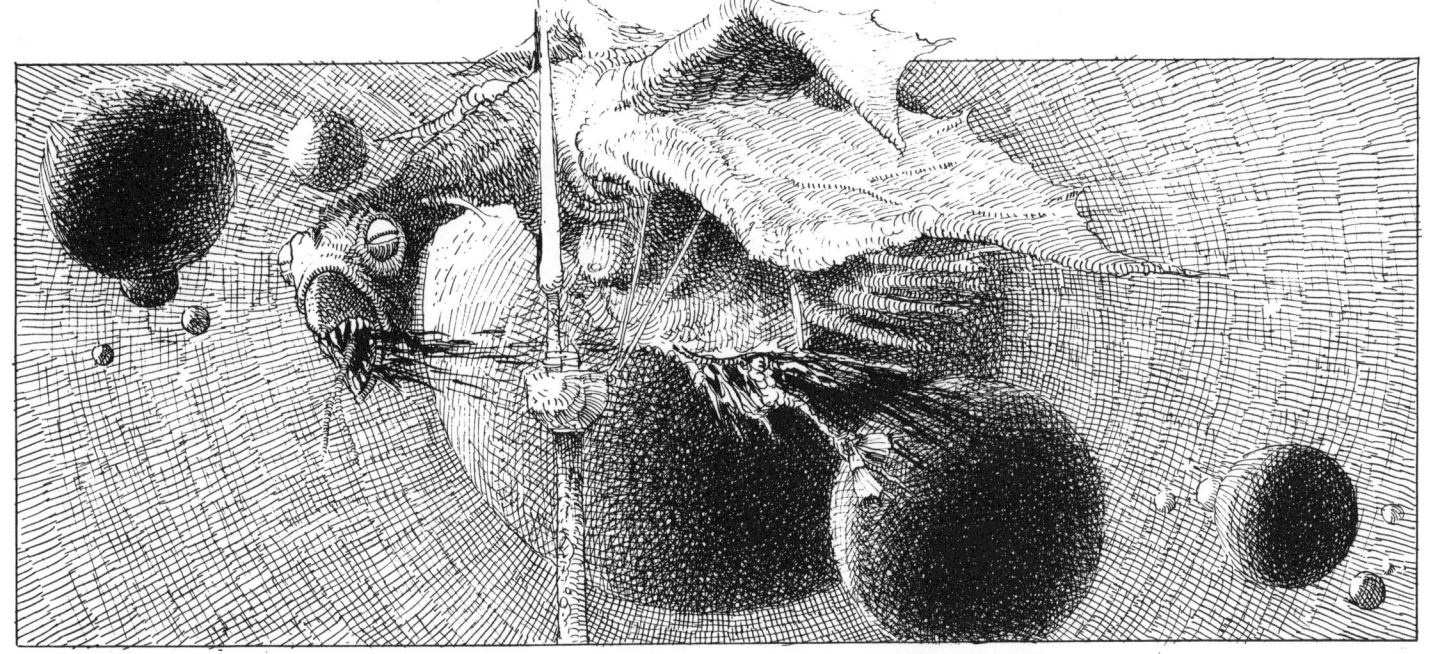

ÉVENTRÉ PAR MA LOURDE ÉPÉE, LE MONSTRE, TOUCHÉ À MORT, NOUS DÉVERSA AVEC SANG ET TRIPES DANS L'ESPACE !... PUIS CE FUT LE TROU NOIR, L'HORRIBLE IMPRESSION DE CHUTE INFINIE QUE L'ON RETROUVE DANS LA PLUPART DES CAUCHEMARS COSMIQUES ET QUI PREND GÉNÉRALEMENT FIN AVEC LE RÉVEIL DU SUJET...

DANS NOTRE CAS IL N'Y EUT PAS DE RÉVEIL, MAIS UNE SIMPLE INTERRUPTION DE L'IMAGE DONT JE VOUS PRIE DE BIEN VOULOIR NOUS EXCUSER... BREF LORSQUE LE CAUCHEMAR REPRIT QUELQUES INSTANTS PLUS TARD...

ÉTRANGERS, JE VOUS OFFRE DE PARTAGER LES RESTES DE CE TAS DE POURRITURE IMMONDE, QU'EST CE MINABLE DE GRAND AVANT, BAISEZ-MOI LES PIEDS EN VOUS PRÉSENTANT !

EUH... JE M'APPELLE BILAL, ET VOICI MA F...

CRAIGNONS !

CRAIGNONS LA COLÈRE

CRAIGNONS LA COLÈRE DE BÉLIAL

...C'EST ALORS QU'ILS EURENT TOUS CETTE RÉACTION BIZARRE...

"...ET QU'ILS SE JETÈRENT COMME DES DAMNÉS PAR DESSUS BORD, S'ENGLOUTISSANT D'EUX-MÊMES DANS LES FLOTS DE NÉANT..." CETTE STUPIDE MÉPRISE, CAR C'EN ÉTAIT UNE, (ILS M'AVAIENT PRIS POUR BÉLIAL, TERRIBLE DIVINITÉ COSMIQUE), ALLAIT NOUS PERMETTRE DE QUITTER CETTE MALSAINE BANLIEUE D'ALDÉBARAN À BORD D'UNE BARGE TROUVÉE DANS LES SOUTES DU NAVIRE...

MAIS COMMENT RETROUVER LA TERRE ?... (CAR NOUS N'AVIONS PAS DE BOUSSOLE...)

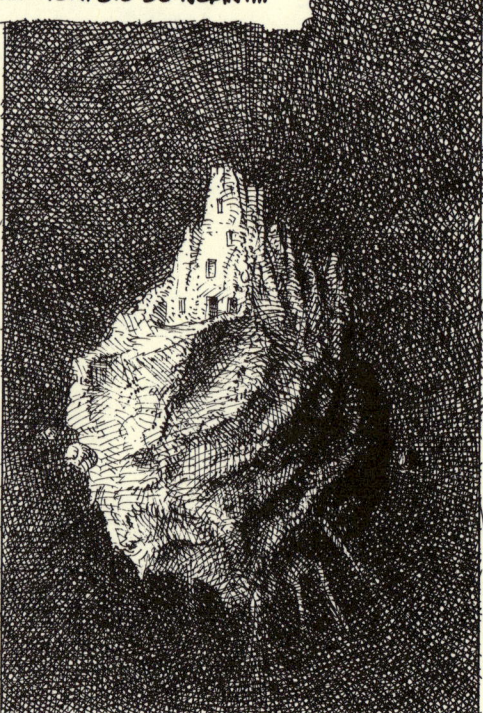

PAUVRE GRAND... AU FOND C'EST NOUS QUI L'AVONS BATTU EN COULANT INVOLONTAIREMENT SA GRAND-NEF

OUI JE COMMENÇAIS À BIEN L'AIMER MOI...

"...POURTANT LA QUIÉTUDE DE NOTRE INQUIÉTANTE QUÊTE (ALLITÉRATION EN Q) DEVANT PRENDRE FIN AU CŒUR DE LA TRAÎTRESSE RÉGION D'ACHERNAR DANS LES FLOTS D'UNE TEMPÊTE DE NÉANT..."

TEMPÊTE DE NÉANT QUI NOUS BLESSA PHYSIQUEMENT SUR TOUT LE CORPS (LES ÉCLABOUSSURES DE NÉANT NE SONT PAS DOULOUREUSES MAIS ELLES ONT LA FÂCHEUSE PROPRIÉTÉ D'EFFACER LES PARTIES ATTEINTES), ET QUI PRÉCIPITA NOTRE FRÊLE EMBARCATION VERS UN ÉTRANGE ASTÉROÏDE...

8

BON... QU'EST CE QU'ON FAIT? ...
ON N'A QU'A ENTRER... LA PORTE EST OUVERTE..
TU CROIS QUE ÇA SE FAIT? ...
B. BONJOUR MONSIEUR... ON S'EST UN PEU PERDUS ET ON VOUDRAIT RE-TROUVER LE CHEMIN DE LA TERRE ...
MERCI ENCORE ET BON AP PÉTIT!
KLINNG
ÇA Y EST!
OUI... DAVID BOWMAN VIENT DE CAS-SER SON VERRE...
L'HOMME QUE NOUS AVIONS BIEN ÉVIDEMMENT TOUT DE SUITE RECONNU, NOUS FIT ENFILER DES COMBINAISONS SPATIALES, ET NOUS INDIQUA LA PROXIMITÉ D'UN ARRET DE COMETES SUR LA LIGNE DE LA TERRE, (LA COMETE DE BORRELLY DEVAIT Y PASSER DANS PEU DE TEMPS) - CEUX QUI N'ONT PAS RECONNU DANS CE PASSAGE UN COURT EXTRAIT DE 2001 L'ODYSSÉE DE L'ESPACE IRONT EN PÉNITENCE VOIR ET REVOIR CE FILM FABU-LEUX DE STANLEY KUBRICK.

J'OUVRE ICI UNE PARENTHÈSE À PROPOS DES COMETES : ON CROYAIT JUSQU'À CE JOUR QU'ELLES ÉTAIENT CONSTITUÉES D'UNE ACCUMULATION DE GAZ ET DE CAILLOUX GELÉS... IL N'EN EST RIEN !!! J'EN VEUX POUR MEILLEURE PREUVE CE DESSIN, REPRODUCTION ON NE PEUT PLUS FIDÈLE DE L'INTÉRIEUR DE LA COMÈTE DE BORRELLY (À UNE HEURE D'AFFLUENCE IL EST VRAI) MAIS QUI N'EN DÉTRUIT PAS MOINS LES HYPOTHESES SCIENTIFIQUES...

CE FUT LÀ, LA TOUTE DERNIÈRE IMAGE DONT NOUS NOUS SOUVENIONS... LORSQUE, LE LENDEMAIN MATIN LE RÉVEIL-MATIN-ALLONS-AU-TRAVAIL LABOURA NOS TYMPANS, NOUS DÛMES FAIRE FACE À UNE BIEN ÉTRANGE RÉALITÉ.

VOILA... ON POURRAIT SANS DOUTE LONGTEMPS DÉBATTRE DE LA CRÉDIBILITÉ ET DE LA VERACITÉ D'UN TEL RÊVE (BIEN QU'IL AIT ÉTÉ COMMUN, POINT PAR POINT À DEUX ÊTRES)... MAIS À QUOI BON... PERSONNE NE LE CROIRAIT... MÊME SI LES PREUVES NE MANQUENT PAS...

(VOYEZ LES COMBINAISONS, LES TACHES DE NEANT... LE SERPENT...)

... NOUS EN TOUT CAS ON SAIT QU'IL Y A UN MOYEN MAINTENANT, DE SORTIR DES MIASMES D'UN MONDE EN VOIE DE DANGEREUSE DÉCOMPOSITION... ALORS DEPUIS CETTE ÉTRANGE NUIT, ON SE DIT L'UN À L'AUTRE, SECRÈTEMENT, LE COEUR GONFLÉ D'ESPOIR... PEUT-ÊTRE QU'UN SOIR EN REGARDANT LES ETOILES

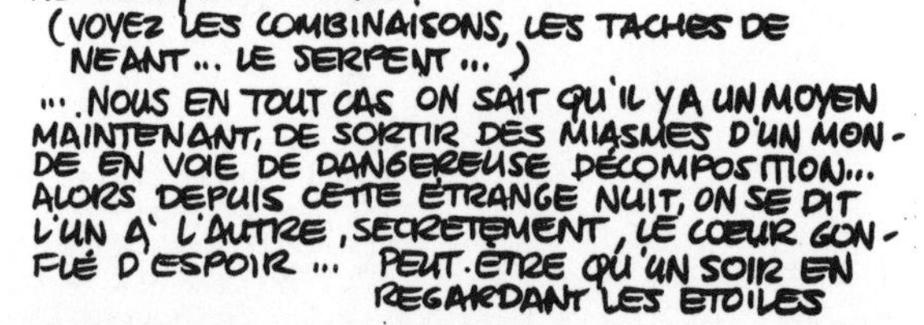

ENKI BILAL 74

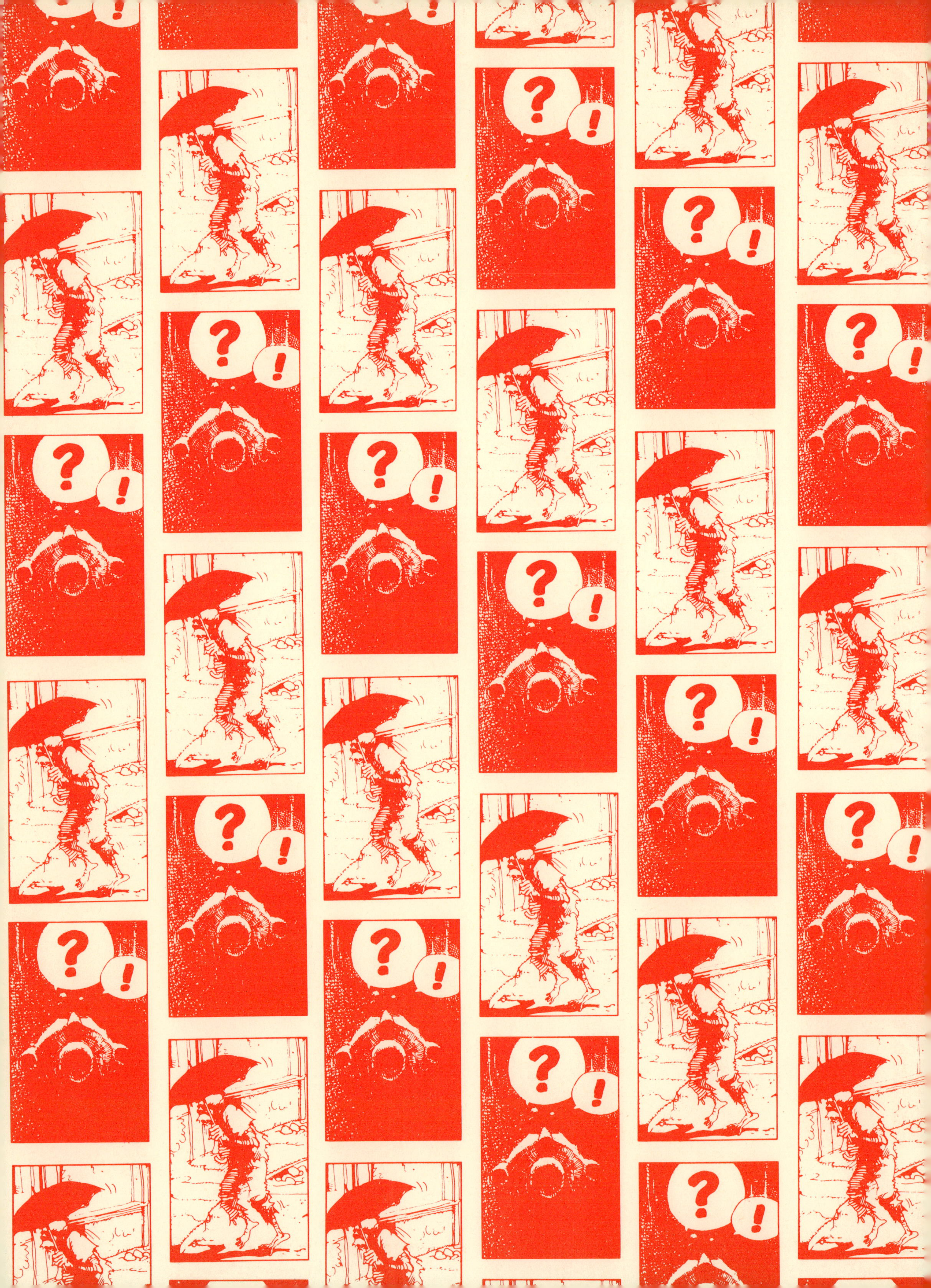